そして生きてゆく

やました すいこ

文芸社

目次

そして生きてゆく

お地蔵様の猫

二十一時。外はかなりの冷え込みだ。

「さむい、さむい」

さち子は、台所のゴミを軒下《のきした》のポリバケツに放り込み、急いでドアを閉めた。

「冷えとるなあ。あしたの朝は凍るよ、今夜のうちにオシッコに行っといで」

薄いガラス戸から忍び込む冷気を防ぐために、数日前に厚手のカーテンに替えたのだが、もう一枚毛布でも下げたくなるほどの寒さだ。

「こらっ、クロ。行って来い」

茶の間のストーブの前で、だらしなく四肢《しし》を伸ばして眠りこけているまっ黒のオス猫。十二歳になるひね猫は聞こえない振りがうまい。

ペチッと頭をはたくと大あくびをひとつして見せ、仕方ないかとのっそり起きあがり、ゆっくりと外へ出て行った。

たぶん明日の朝は白一色だろう。大雪ではないが積もりそうだ。あの猫達《こ》にもエサを持って行かなくては。今夜は何匹いるかな。キャットフードにあんパン、ハムを手提《てさ》げ袋に入れて毛糸の帽子にマスク、猫達のツメあとだらけのコートを着込む。コートの裾《すそ》から糸が出ているが猫用だからかまわない。夜だし暗いし、人の目もない。女も六十を越えると怖いものなし。もたもたしてないで早く行かないと、あの猫達《こ》が待っている。クロが戻って来た時に寒くないようにストーブの火を弱にして家を出た。

道路の向かい側の雑木林《ぞうきばやし》が途切れる辺《あた》りに、地蔵とおぼしき石の塊《かたまり》がある。数年前に屋根が出来てから牛乳ビンにいれられた小花を見るようになった。朝の散歩中、花を替えている老婆を見かけたが、他人とはあまり関わりたくないさち子は、会釈《えしやく》だけで声はかけなかった。

腰の曲がった老婆も頭を下げるだけだったが、それ以来見かけない。花は三日置きに替わっているから夜明け頃に来るのか。

その地蔵の隣りに、猫地蔵のごとく鎮座《ちんざ》している黒猫を見かけてやがて一年になるが、今夜も座っている。

鼻の下が少し白くて他は黒一色の、小ぶりなオス猫だが、顔が自分の家のクロに似ている気がして、ムスコと呼んでいる。雪の日は屋根の中の地蔵の後ろに隠れていることもあるので、気づかずに通り過ぎる人もいた。信号を渡って近づくさち子を見つけてニャッと一声、鳴く。

「今夜は、彼女達はまだなのかい」

他にもムスコにエサやりをしてくれる若い男女がいる。二人が恋人なのか夫婦なのかは未だに知らないが、一ヶ月前、さち子がエサやりをしていた二十二時過ぎに、キャットフードを手にした二人が現れたのだ。

それからの猫付き合いだが、お互いに詮索《せんさく》することも自己紹介もなく、ごく普通に「こんばんは」と挨拶をしている。おばさん、彼、彼女で会話は成り立つし、違和感もないからたぶん、いい関係なのだろう。

ムスコの両耳がピンと立った。その二人の姿が見えたのだ。

点滅している信号を小走りに、彼の方が少し遅れるので、彼女が信号の赤を指して片腕を上げた。下ろした手で彼の手をつかみ、信号を渡り切った。大人で髭面《ひげづら》の、長身の男が小柄な女に手を引かれている様《さま》は少し妙でもある。目は悪くなさそうだし、男女が仲よく手をつないでいる風でもない。

ま、いいか。人はそれぞれ。余計な詮索はしないことだ。

「ごめんなさいね、サム。今夜は間に合ったわ。昨夜はおばさんがあげてくれたんですね」

彼女は長い髪をかき上げながら軽く頭を下げた。上にあげた髪がサラリと落ちて、いい香りがする。

「サム、今夜は私がごはんをあげるからね、ちょっと待っててね」

彼女はサムと呼んでいるが、ムスコはどの名前にも公平に反応している。

「この猫《こ》、頼むわね。私はあっちの猫達《こ》を見てくるから」

「お願いします。私達、苦手なんですよ。前に一度エサやりしたんですけど、あそこの向かいのおじさん、すごい顔で怒鳴《どな》るんですもの。この人、走るのが苦手なのですぐには逃げられなくて」

そうなのだ。家なし猫のエサやりは見つからぬように、特に近所の人達には分からないようにこっそりと、食べ残しやゴミなどもきれいに片付けてこなければならない。なぜか猫の集まる場所には猫ぎらいの人が多いのだ。

この人、と彼女が呼ぶ彼は濃い髭のせいで年齢が分かりづらい。笑顔は見せるが声は一度も聞いたことがないし、行動のテンポが少しずれている。つい先程、余計な詮索はしないと決めたばかりなのだが、気にはなる。でも、とさち子は思った。

顔半分の無精髭《ぶしょうひげ》は剃《そ》ってサッパリした方が気分がいいだろうに。

「エサ、足ります？」彼女は自分の袋の中に手を入れた。

「大丈夫、足りるよ。じゃあ、行ってくる」

あの二人、とさち子は彼らの年齢がいくつなのかを考えた。昔に手放した自分の子供と同じぐらいかな。いかん、また、そんなことを考えているのか、もうやめとけやめとけ。

別の場所にいる猫達の所へ急いだ。毛糸の帽子からはみ出してきた白髪まじりの前髪を、手でかき上げる。髪、短くカットしようか。茶色ぐらいの色に染めてみようかな。彼女の髪も茶っぽいけど何色になるのだろう。少し甘くてさわやかな香りだった。いいな、若いって。

今までは大きなスーパーの駐車場が家なし猫のエサ場だったが、スーパーからの苦情と道路向かい側の猫ぎらいのオヤジの怒号《どごう》で、今は、隣りの少し暗い印刷会社の駐車場がエサ場となっている。それでもスーパーの駐車場は深夜まで明かりを消さず、エサやり禁止の立て札もある。しばらく鳴りをひそめていた人間も猫達も、少しずつ隣りへと移って行った。

さち子と同様に人通りの少ない時間にエサやりをしている人達もいるが、お互いに時間が重ならないようにしているし、猫達も心得ていてどの人間が自分の係なのかよく分かっている。そしてエサやりをしている人間も猫型なのだ。徒党《ととう》を組むことを嫌うし、時には情報交換もするが、それだけだ。お互いのことは全く知らない。

時間は二十二時、二匹しか出てこなかった。よもぎ柄の子猫も見かけない。あの猫《こ》は人なつきがいいから誰にでもエサをせがむ。もう食べ終えてねぐらに戻ったか。二匹が途中で止まり、周りの様子を窺《うかが》っている。人がいると警戒して食べないだろうから、キャットフードをふた山置いてさち子は帰ることにした。

地蔵の近くまで戻ったが、ムスコも彼女達も帰った後だった。

二十二時四十分。ストーブの前のクロは無防備に腹を見せて寝ている。足うらをくすぐってみたが反応なし。つまらないから歯をみがいて寝よう。

洗面所の鏡の中の自分を見る。髪、カットしようかなあ。顔もちょっとだけ化粧してみようか。久しぶりだから化粧がのらないかもしれない。それに齢《とし》だしなあ。あれ、わたしいくつだっけ。やだ、出てこない、六十七、八? 九じゃないよな、まだ、六十六だ。忘れるものなんだ、本当に。


朝、年金通帳を確かめる。美容室でパーマか、千円ショップでカットのみか。今朝はうすめのコーヒーと食パン一枚だけにしよう。三時間ぐらいの掃除のアルバイトがあったはずだ。チラシは取ってあるが、どうしようか。

トイレ掃除専門はないのかな。人とは話したくないが、金はほしい。ほしいが、あの繊維工場だけは嫌だ。綿だのほこりだのはこりごりだ。何とか定年まで頑張ったけど。今時《いまどき》、あんな工場があるんだ。労働何とかに引っ掛からないのかな。まあ、その分だけ給料は良かったけど。

それで買えたこのボロ家、売り物になるかなあ。無理して買うんじゃなかった。ローンが終わったら金も終わった。やめた、考えても頭が痛くなるだけだし、医者代もかさむ。

それにしてもあの二人は少し変かな。彼女はまともそうだけど。そうでもないか、何日前だったか喋《しゃべ》りだしたら止まらなかったし。つまらんことだったと思うけど何だっけ、忘れた。その程度の、忘れる程度なのだからたいしたことじゃなかったはずだ。

彼氏の方は絶対おかしい。知り合って二ヶ月目に入ろうとするのに全く、一言《ひとこと》も話さない。耳は聞こえているのは分かるが言葉を発しない。彼女も彼のことは何も話さないけど、何かの障害を持っているのだろうな、きっと。

余計な詮索無用と重々承知なのだが気にはなる。こらっ、深入り無用だぞ、さち子。

ん、病院はいつだっけか。カレンダーの印を確かめる。明日だ。毎月の病院代が年相応病《としそうおうびょう》に一万円と少し。きついなぁ。

町会費も一年分、月末にはあれこれの出費と、出て行く一方の金。頭がイタイ。本当に痛い。あの医者、やっぱりやぶだ。頭痛薬が効いたためしがない。どうせ効かないだろうけど仕様がない、飲んでおこう。


「いちろーくん、ひげ、いっぱい、だね」

壁にひび割れの細い線が走るアパートの一階。ふた部屋の入口の狭いキッチンで、一郎はアキに頼まれたキャベツを大きさを揃えてちぎっている。包丁は使わない。鋏《はさみ》もないから料理の具材は手でちぎれる物だけだ。不便ではあるがアキは主治医の指示を守っている。もちろん顔剃り用のカミソリなどもない。

「ね、あきちゃんとびょういん、いったとき、ひげとってもらおうか。いたくない、よ。びょういん、とこやさん、やさしいよ」

アキは主治医に事情を話し、自分の診察日に一郎を同行させる許可は得てあった。

一郎は首を振った。前後左右、上下に振れるだけ振り続ける。

「わかった、いやだ、ね。わかった」

一郎の首振りはピタリと止まった。ふらついてその場にへたり込み、肩で荒い息をしながら、「なお、る。な、おる」と呪文《じゅもん》のように唱えている。アキは一郎が笑顔を見せるまで待った。

「なお、った。あき、ちゃん、なおっ、た」口元に少し笑みが戻ってきた。

「よかった。あめちゃん、たべよう、ね」甘い飴《あめ》を一郎の口に入れた。一郎の好物だ。

「きゃべつのすーぷ、つくろうね。いちろーくん、がすのひ、みていて、ね」

残りのキャベツを手早くちぎり、細切りで売られていた人参と、もやしの三種を鍋に入れた。一郎の好みの薄めのみそ味にする。

「そうだ、おばさん。よるのおばさん、いいひと、だね。でも、おめめ、すごく、うごくね。あっち、こっち、いっぱい、うごくね。おめめ、びょーき、かな」

一郎はアキの言葉を黙って聞いている。返事はなくても一郎を相手に話していると、アキ自身の気持ちも落ち着くのだ。

「いちろーくん、がす、けして」

スープ鍋のふたがカタカタ鳴り出した。一郎はカチリと、間違いなくガスの火を消した。

「ありがとう、いちろーくん」

一郎は覚えが早い。今まで頭が悪い、自閉症などの扱いを受けてきたらしいのだが、時にはアキが驚くほどの正確な反応を見せる。おそらく、今まで教えてくれる人もなく、誰もが真剣に一郎と向き合ってこなかったのだろう。電子レンジの使い方も覚えたし、ゆっくりとだが確実に成長している一郎。

「おい、し、い」

昨夜の残りのおにぎりを電子レンジで、自分で温めることができた自信からなのだろう、あっという間に二個も平らげた。

喉《のど》に詰まらぬようにスープを飲むことを勧めながらアキは、そろそろ箸《はし》の使い方も教えなくては、と思った。全ての物をフォークで突き刺すか手づかみなのだ。箸を使って食事ができるように、魚の身もほぐせるよう、ひとつひとつ、ゆっくり教えて行こう。

これからの一郎のために必要とされることは山ほどあるが、アキは自分のできることを教えようと思っている。

あ、一郎がスープをこぼしてしまった。

「だーいじょうぶ。へいき、おそうじ、きれいになった、ね」

テーブルの上の汁を拭《ふ》くだけなのだが、一郎は身を固くしてアキの顔色を窺う。ささいなことなのに、と思うとアキは涙が出そうになる。どんな仕打ちを受けて育ったのだろう。

だいじょうぶ、と言いながら一郎の頭を撫《な》でると、少しずつ一郎の表情が和《やわ》らいできた。

「さぁ、ぜんぶ、たべよう、ね。おひる、いちろーくんのぱん、にゃーのぱん、かいにいこう、ね」

にゃーは一郎が猫を呼ぶ時の言い方だ。コクリと頷《うなず》いた一郎は残りのスープを飲みほした。

口まわりの髭に付いた汁を拭きながらアキはどうしようかと考えた。髪も長いが他人に触れられることを嫌うから理容室は無理だ。

持病の頭痛が来た。手で額《ひたい》を押さえていると一郎が水を、コップに入れた水を両手で持ち、ゆっくりとこぼさぬように気づかいながらアキに差し出す。

「ありがと。くすり、のむね。ありがとう」

時折り見せてくれる一郎の優しさだ。びょーいん、とカレンダーを見ている。アキの通院日は二日後なのだが心配してくれているのだ。

「いちろーくん、いたいの、なおった、よ」

薬はすぐに効くだろう。洗濯をしなければ。洗い物が増え、乾燥機を購入せざるを得なかったが、アキは一郎との親子ごっこは苦ではなかった。

シャツのしわを伸ばしたり、きちんとたたんだり、そんなことを一郎も楽しんでいる。時には幼児のように散乱させたりもするのだが、アキにとっても、一郎と戯《たわむ》れている時間は、自分の内から何もかも追い出して無心で笑える時なのだ。

その後はお昼までの間に、言葉と絵を合わせる遊びをする。りんごの絵にりんごと書かれたカードを合わせる類《たぐい》のものだ。

長年、言葉を話してこなかった一郎は正しい発音ができず、どのように話していいのかが分からないのだ。話をつなぐ接続語も使えないので、焦《あせ》らずゆっくり付き合わなければならない。最初はアキも困惑した。言葉にならない声で、アキに何かを伝えようとする一郎に対応できなかった。それ故に、普通に会話ができるように手助けがしたい、と強く思ったのだ。

髭面の成人男性の手を引く若い女性。スーパーの中を歩く二人は好奇の目で見られることが多い。常連となっている二人に、店員達は明るく声をかけてくれるので、アキは平気なのだが、心ない客達のひそひそ声を鋭くキャッチするのは一郎の方だ。アキの手をギュッと握ってくる。

「どんまい、どんまい」一郎はアキに握り返されて、安心して力を抜く。

どんまいの意味は分からない一郎だが、おまじないだよ、元気になるんだよ、とアキに教えられて頷いている。

一郎にとって賑《にぎ》やかなスーパーは楽しいが、人に疲れる場所でもあるのだ。目当てのパンはまだ残っていた。一郎は明日の朝食も同じパンにすると言い、五個のあんパンを買った。アキは青菜がほしかったが、この冬の野菜の高騰《こうとう》がまだ続いている。あきらめて、もやしの一番安いのを買った。

少額の買い物だが一郎は、「いーっぱい、ぱん」とはしゃいでいる。スーパーの駐車場のわきに積まれた雪を、足で踏み固めて遊び出した。雪は降ってはいないが空は鈍く重い。コートとマフラーを身に着けているのにまだ寒い。

もう帰ろうと声をかけるアキに、返事もせず一点を見つめていた一郎がにゃー、と言いながら駐車している車の下を指差した。猫がいる。初めて見る三毛猫だが、ジッとして動かない。

「このにゃー、はじめて、だね」

アキが近づいても動かないし、やせて体も汚れている。今にも雪が落ちてきそうな空に変わってきたのに、この猫はねぐらがあるのだろうか。

一郎の目が訴えている。アキはパンを一個出して小さくちぎり、自分の口でかんで水分を含ませることを一郎に教えた。

「にゃー、のど、いたい、いたい、から」

三毛猫は一郎が口から出す間も待てないと一郎の足に飛びつき、一個のあんパンはすぐになくなってしまった。二個目のパンを出した時に車の持ち主の男が来た。猫を見て不快そうに舌打ちし、アキと一郎を睨《にら》む。

猫は逃げてしまい、男がエサをやるなって書いてあるだろ、とあごをしゃくった先にあるポールには、エサやり禁止の札が縛り付けてある。爆音も荒く車は出て行った。

「しかられた、ね。どこのにゃーかなぁ。いちろーくん、みたこと、あるかな、にゃー」

一郎は首を横に振った。

「また、あえるかな、かえろう。よるのにゃーたちのとこ、いるかな、あのにゃー」

名残《なご》り惜しそうな一郎の手を引いてアパートへ帰る。風が冷たくなってきた。空も重く暗い。エサやりの夜には雪も降ってくるだろう。

ゆき、いやだ、さむいね、と二人で話しながら、古いアパートの狭い部屋のドアを開ける。わずかだが朝の温《ぬく》もりが残っていた。

ボールペン

一晩で八十五センチの積雪だ。テレビの中では若い女のレポーターが降雪の中で赤い唇《くちびる》だけをよく動かしている。今風の化粧なのか目の周りは黒くハッキリと、これでもかと大きくカールさせた上《うわ》まつげには雪が積もっている。大雪のレポートは男の仕事だろうが。顔を売るために女の方から志願でもしたのか。いやな女だ。俺の好みじゃない、消えちまえ。

コンコンとドアがノックされた。少し間を置いてもう一度。

母親の房江だ。三度目のノックの後、部屋に入ってきた。息子の広志に声もかけず、ベッド横のテーブルに置いたままの朝食を見る。好物のはずの卵サンドも、コップの牛乳も手付かずでトレーの上にある。

広志はベッドに潜《もぐ》ったまま、テレビに向かって叫び声を上げている。画面の中のお笑いタレントに張り合っているのだ。枕もとに散らばった菓子袋に手を突っ込み、口に放り込む。

房江は黙って朝食のトレーを持って部屋を出た。階下のキッチンのテーブルに置くと崩れるように床に座り込む。どうして、と弱音が、ため息が、取り留めのない思いが頭をめぐる。

腰に痛みが走った。ベタベタと身体中に貼り付けた湿布の数など、あの息子が知るはずもなく、悩みの数だけが増えていく。冷えた床は腰に悪い。

房江はのろのろと茶の間の炬燵《こたつ》へ移った。古い柱時計がボンボンと正午を告げる。

昼食は広志が手を付けなかったサンドイッチを食べよう。広志の夕食はどうしようか。自分で買いに行くのか、何処《どこ》かへ食べに行くつもりなのか、その時にならないと分からない。

別に身体に不自由がある訳でも病気でもないのだ。気分しだいで二、三日は帰ってこない時もあるが、房江が口出しはできない。家を壊すつもりかと思うほどに暴れるからだ。現に玄関のドアを蹴って、大穴をあけたのが去年だ。早く帰っておいで、と母親ならば当然のことを言っただけなのに。

ドン、ドンと広志が階段を下りてきた。玄関へ向かっている。

革のコート、首にはマフラー。また太ったのか肩から二の腕にかけて窮屈そうだ。体を壊さないで、と寒空の中へ出て行った息子を案じる。茶の間の窓から信号を渡る広志が見えた。

目で追うと道路の向かい側の、冬枯れでさみしくなった木立《こだち》の傍《かたわ》らにある地蔵の前で止まった。以前にはなかった屋根がある。いつの間にか誰が作ったのだろう。

広志の足元に黒い物が見えて、動いた。猫だ。黒猫だ。あんな猫がこの辺にいただろうか。野良か家猫か分からないが、房江は初めて見た。前足を伸ばして広志のズボンに飛びついている。

ああー、ズボンが。目の前にいる猫なら追い払えるのに。房江はよく見えるように大きな窓まで移動した。猫はまだズボンを引っかいている。

「わたしが買ったズボンよ、止めて」思わず声に出たが聞こえるはずもない。

あのズボンは高かったのだ。広志がコートのポケットから何かを取り出して猫に与えている。何度か与えた後、猫の体中を撫で始めた。

房江は猫も犬も苦手だ。広志が子供の頃にペットをねだったが飼わなかった。亡き夫も生き物を嫌ったから、広志は外で野良犬や猫と遊んでいた。時々つけて来る動物の臭いがたまらなくて、広志の服を捨てたこともあった。

広志はまだ黒猫と遊んでいる。両手で抱きあげている。房江は顔をしかめて窓から離れた。

あなた、と写真の夫に、清に話しかける。

「そこから見えるわよね。ああ、愚痴《ぐち》は言いたくないけど、あなたしか相手がいないの。あの子は相変わらずです。先月、三十三歳になったのよ、あの子。わたしが一人であの子の誕生祝いをしました。

あなたは九月三日ね。六十八になるのね。あなたはわたしの齢《とし》を覚えていますか。忘れてくれていいのよ。昔の若いわたしでいいの。めっきり白髪も増えたし、顔も。顔は見ないでね。あなたが亡くなってからもう十六年になるわね。あ、あなたの誕生日もちゃんとお祝いしますよ。それから……」

房江は夫の清と、数日前にも同じ会話を交《か》わした気がしたが、そのまま話し続けた。若い頃の昔話は何度話しても楽しい。清は聞き上手だ。いつもニコニコと聞いてくれる。

「それからね、あー、電話がうるさいわ。あなた、少し待っててね」

房江は鳴り続けている電話に出た。どなた、と尋ねると、あ、とひと声残して電話は切れた。

「なんか怖い電話。変な声の人だった。間違い電話だって言いたいのね、あなたは。いいえ絶対変な人よ。人に会わないようにします。あなた、わたしを守ってくださいね、お願いします。遠い所からだと大変かもしれないけど、わたしにはあなたしかいないの」

突然、涙があふれて止まらなくなった。拭いても拭いても流れ出る涙をそのままに、声をあげて泣き続ける。なぜ泣くのか自分でも分からぬままに、ようやく涙は止まった。

房江は家中の鍵をかけた。広志は今日は帰ってこない。絶対に帰ってこない。玄関の内鍵もかけた。カーテンを引きブラインドも下げた。電気をすべて消した。

仄暗《ほのぐら》い家の中、ひっそりと自室にこもる。炬燵に入り、天窓からの弱々しい日差しの中で医者からの薬を飲む。睡眠薬だ。以前に、これを全部飲んだら死ぬかしら、と冗談を言ったことがある。残念ながら、と笑顔で返された。そのようにはできていませんと主治医は言ったが、試してみようか、と思わぬでもない。

ベッドの横のテーブルにいる清は横向きで、まぶしそうに目を細めて遠くを見ている。髪に白い物が全くなかった頃の、房江の一番好きな清だ。

「しばらく眠ります。おやすみなさい」

遠くでドンドンと音がする。だんだんと音が大きくなる。久しぶりに夢を見ている。いや、違う。玄関を叩く音だ。広志が帰って来たのだ。

え、どうしてと思う間はない。飛び起きて玄関へ走った。しらじらと明けはじめた空を背に、広志が仁王立ちしていた。

「ごめんなさい、うっかりして」帰らないと思ったとは言えない。

広志はカッと見開いた両眼で房江を睨み付けたが、何も言わず房江の前を通り過ぎ、自室へ向かう。左手にコンビニの袋を提《さ》げ、右手はコートの胸ポケットの丸みを押さえていた。

弱くとぎれた鳴き声がする。猫、子猫だ。確かめる間もなく猫の声は二階の広志の部屋へ消えた。猫を飼うつもりなのか。房江は頭をかかえてめまいのする体をどうにかベッドまで運び、崩れるように倒れ込んだ。

さち子は雨を落とす黒雲を仰ぎ見た。カレンダーは春分を告げているのに今朝の気温はマイナスだった。なかなか襟巻《えりまき》が外せない。

「クロ、もう少しで春だから病気になるなよ。獣医代、高いんだから」

猫椀《ねこわん》にキャットフードを入れながら背を撫でる。毛艶《けづや》も食べっぷりも良い。よしよし。

今日は大型スーパーの割引き日だ。クロの餌を買わねば。自分の食料も必要だし、早めに行って目ぼしい品を確保しないと誰かに取られる。店員が値下げシールを取り出した頃合いを見て、これもお願いとカゴの中の品を見せる。その手口でないとシールが貼られた瞬間に無数のしなびた手が群がり、見事になくなってしまうからだ。

昼の割引きは独居老人を、夕刻は仕事帰りの人達向けにと、若干の違いはあるのだが、さち子も老人の部類、雨でも昼に動く方が体は楽だ。十一時二〇分だ、小品パックの煮物が売れてしまう。自分の尻を叩いて玄関へ走る。

「急げや、バアさん」

スーパーではすでに老人達がうろうろしている。さち子は惣菜コーナーに走り、素早く三品をカゴに入れた。鯖の煮付けにおから、揚げすぎで安値の唐揚げ。自宅のガスを使わないように火の通った物ばかりだ。後は安い方の豆腐一丁と食パン。たまには粒あん入り菓子パンも食べたいけれど、お金の余裕のある時にする。クロのキャットフードも買わないといけないのだ。

ゆっくりと店内を回ってシール貼りの時間を待つ。急にレジあたりが騒々しくなって店長が走って行く。

「なんだよ、何も迷惑かけてないだろうが」レジの付近から男の声がする。

だから、と男の声が大きくなった。レジ係の女性店員が、「ですから、この次はと申しあげたんです」とよく通る声で対応している。客のほとんどがレジまわりに集まって行く。店長のまあまあと、その場を収めようとしている声が聞こえた。

さち子も覗《のぞ》きに行ってみた。野次馬の後ろに行くと横に来た老人が、猫を隠してたんだってよ、あの男、と教えてくれたが、なぜ猫を店に、と思う。

「申しわけありませんが、この次は猫はご遠慮を……」

なぜ猫に、ご、が付くのかと思っていると男は出て行く所だった。コートの胸のあたりがふくらんでいる。猫をコートの下に隠していたのか。鳴き声は聞こえなかったからモゾモゾと動いたのかもしれない。店長はレジ係の女性を従えて、ペコペコと客に頭を下げている。

店内に割引き開始のアナウンスが流れた。店員達がそれぞれの売り場でシールを貼りはじめると、皆が売り場めがけて走り出した。

さち子は買い物を終えると店を出た。店の横にベンチが三つ並んでいるのだがこの寒空《さむぞら》だ、外のベンチに座る人はいないと思ったが、一人、座っていた。店の袋から何かを取り出してコートの内側へ持っていく。先程のレジ係ともめていた男だ。

さち子は自宅への通り道であるそのベンチの前を、男を横目に通り過ぎようとしたが、細い鳴き声に足が止まった。レジでのトラブルの元か。思わずコートの内側を覗き込んだら小さな頭が見えた。

「なんなんだよ、いきなり」男は不快そうに眉を寄せてコートをかき合わせた。

「猫、まだ小さいんだね。何か食べさせていたけど何？　おなかをこわさない物？　おなかこわすと自力で治すことができないよ、小さいから。おばさんの家にも猫がいるから気になってね。ごめん、ごめん」

男はためらいがちにコートの前を広げた。灰色の子猫だ。飼ってまだ二日だと言いながら頭を撫でる。ミャー。か細い声の子猫は骨が分かるほどにやせている。

捨てられていたと話す男に、さち子はお腹に寄生虫がいるかもしれないから、と動物病院へ行くように勧めた。クロの行く病院だ。

スーパーのレシートの裏側にさち子の名前を書き、診察願いの言葉をそえる。もう一言、大きな字で安くしてあげてネ、と書き添えた。レシートを受け取った男の顔が和らいだ。

「その動物病院の獣医さん、ちょっと偏屈だけど、根は、心根はやさしいからね。必ず行くんだよ、分かった？」

男は頷いた。大事そうに子猫を胸の前に抱えてありがと、と帰って行った。大丈夫だ、あの男は動物病院へ行く。去りぎわの笑顔が可愛かったし、意外と素直なのかもしれない。

我が家のクロは腹を見せて寝ている。幸せな奴だ。買った品を冷蔵庫に収めた後にボールペンが一本残った。動物病院への紹介を書いて返し忘れたのか。さち子がレシートを取り出した時、とても自然にペンを渡してくれたので、さち子も何も思わず、無意識に自分の袋に入れてしまったのだ。

たかがペン一本、どうでもいいか。いや、いかんいかん、こんな小さなことに人間の本性が現れるものだ。たぶん住まいはあのスーパーの近くだろうから。また会えるだろう。会える気がする。その時まで預かっておこう。


老いのせいなのだろうか、息子と同世代の男性につい目が行ってしまう。さち子にとって二歳の幼児で止まったままの息子も、今は三十五歳だ。

「嫁《か》して三年子《こ》無《な》きは去れ」この風習が強く残る地域の気位《きぐらい》の高い家だった。男に惚れて何も見えず、両親を振り切って嫁いだ自分が愚かだった。石女《うまずめ》、姑《しゅうとめ》から毎日その言葉を浴びせられ追い出されようとした矢先に身ごもった。

ふう、とさち子は息を吐く。今でもその頃を思い出すと心臓が早鐘《はやがね》を打つ。我が子のことは片時も忘れたことはないが、この頃特に細かいことまで思い出してしまう。齢《とし》かな、やっぱり。

「クロ、起きたのかい。おいで、抱っこしてあげるから」

だが、一度思い出すとなかなか消えてくれない。クロの頭を撫でて気を静めようとするが、胸の動悸《どうき》は治まらず体にも震えが出てきた。

急いで薬を飲む。この頃は薬の効きめが遅くなった。あのやぶ医者、今度の薬は良く効くって言ったじゃないか、うそつき野郎。

さち子はノートとペンを取り出した。日記ではないが思いたった時だけ好きかってに、人の悪口も書き込んである。当然、医者のバカヤローも書きなぐってあるし、自分をほめちぎって満足したページもある。

今日は一言、いい男に出会った、だけ。もう一言、進一と勝手に呼ぼう。息子と同じ名前で呼ぼう、と書いた。

少し眠くなってきた。薬が効いてきたのだ。炬燵に潜って猫に頼む。

「クロ、暗くなったら起こしておくれ」

さち子はクロに、起こさなかっただろう、と文句を言い、家を出た。地蔵の横で待っているクロの息子かもしれない猫、ムスコのエサやりが終わる頃に、あの二人組が走って来た。パーカー姿の彼女が前でセーターの彼は後方だ。

「もう済んじゃった？　ゴメン、おそかったかな」

彼女の方が謝った。彼はあいかわらず黙っているが、顔の髭がない。三日前まではむさくるしかった頭も短髪になっている。

「おやまぁ、あんたハンサムだったんだね。いい男だよ、スッキリして」

照れ笑いを浮かべる彼を横目に、笑いを抑えた彼女が答える。

「私が何とか。シェーバーとバリカンの素人《しろうと》仕事ですが、変じゃないですかね」

「カッコ良くできてるよ、大丈夫。彼女さん、気をつけないと彼氏、誰かに取られちゃうよ。いい男になっちゃったもの」

彼女は、そんなんじゃないですからと手を振って否定した。彼は相変わらず声を出さずに、顔だけ笑っている。

ムスコがキャットフードから頭を上げて両耳をピンと立てた。男性が一人、信号を渡って三人の方へ来る。二十三時過ぎ、ほとんど人のいない時間だ。冷え込んだこんな時間に誰だろう。

「こんばんは」男性は小声で軽く頭を下げた。

ムスコは一瞬、身がまえたが、逃げはしなかった。あ、とさち子は声に出した。

スーパーの男だ。進一、とさち子が勝手に名前を付けた男だ。

「前から見てはいたんですけど。僕の家、そこなんです。僕の部屋から見えるんです」男性は振り向いて道路の向かいの道を少し入った場所を指した。

黒いシルエットの大きな家が在り、二階の部屋のひとつが明るい。ムスコが男性の足に頭をこすり付ける。

僕もたまにエサをやっているんで、とムスコの頭をなでた。

「あらあ、良かったわね、サム。ごはんに不自由しないわね」

笑う彼女に男性は軽く頭を下げて、彼女の隣りの彼にも会釈した。礼儀は心得ているようだ。

「あの、ぼくはトムって呼んでいるんですけどダメですかね」

ムスコであり、サムである猫《こ》は、トムという名も貰った。どの名前にも平等に反応するから大丈夫、とさち子が説明すると、はあ、と感心している。

男性はあの子猫を動物病院で見てもらったことや、虫下しをしてようやく食欲旺盛になり元気に走り回っていると報告してくれた。

「母が体調をくずして入院しましたので、毎日は無理ですが時々は仲間に入れてください」

男性は、スーパーの付近にも家なし猫が何匹かいることを知っていた。とりあえず今日はこれで、と男性はさち子と彼女、彼にも会釈して帰って行った。一人、増えた。

「よかったね、助かるね。あっちにもいるからねぇ。あっちの猫《こ》のエサやりしてくるよ」

「ごめんね、おばさん」と彼女は自分達がスーパーの近くの猫達にエサやりができないことを毎回、詫《わ》びる。気にしないで、と返したが、彼女の横で一言も発しない彼は、何か違う世界を見ているかのようで、確かに無理だろう。足が遅いのもさっきの走り方でよく分かったし。

猫のエサやりが悪事行為だとは思わないが、時には走って逃げないと面倒事《めんどうごと》になる。さち子は二人と別れて次の場所に向かった。かなり冷えてきた。明日の朝も一面、銀世界かもしれない。

いつものスーパーの隣り。昼に買い物に来ても猫達は夜にならないと姿を見せないから、この辺が家なし猫のたまり場と知らない人もいる。二十三時だ。

さち子は子供の頃からの癖《くせ》で一から二十四までの時間を使う。じいちゃんが幼い孫のさち子に覚えさせた呼び方だ。昼の、とか夜の何時とか言わなくても分かる、というのがじいちゃんの言い分だった。

そろそろさち子もじいちゃんの亡くなった齢に近づいて来た。何と人生の流れの速いことか。ぼちぼち老人施設のことも考えなくては。

足元に一匹走って来た。今日はみんなそろっているのだろうか。それだと餌が足りない。後に一匹従えてスーパーを通り抜け、印刷会社の駐車場へと急いだ。道の向かい側の、猫ぎらいのオヤジの家が暗いのを確認した。文句を言いには来ない。

小さく舌を鳴らし猫達を呼ぶ。総勢九匹。あんパンとハムもあるから、かろうじて足りるか。子猫がキャットフードに走り寄る。こんな子、いただろうか。他の猫が横取りしようとするのを、側に付いていた茶色の猫がパシッと前足ではたく。母猫だ。わが子のために他の猫を追い払うのだ。

さち子はこんな場面が好きだ。たとえ畜生の身でも幼いわが子を守り、ピンと両耳を立てて周りを警戒する母猫。しっかり食べろよ、チビ猫。

少しずつキャットフードとちぎったハムとあんパンをまきながら、母猫の分だけは残しておいた。他の猫達は散り、母猫がわが子の横で食べ始めると、さち子は二匹が食べ終えるまで側にいた。

互いの縁

「いちろーくん、ぱん、おにぎり、どっち。よる、おにぎりたべようか」

アキは手持ちの金が少ないので残っている米を炊きたかったが、一郎は首を横に振った。

「そっか、ぱんがいいか。じゃあ、おひるのまえ、ぱん、かいにいこう。きょう、ぱん、すこしだよ。このつぎ、いっぱいかうから。きょう、にゃーのぱん、だめだよ」

一郎は少しの間、黙った。

「ぱん、たべ、ない。おにぎり、たべる」

アキに気を使ったのだ。精一杯の一郎の気づかいにアキは目頭が熱くなった。

「すこーしならだいじょうぶ。ぱん、かいにいこう。いちろーくんのぱん、げっとしようぜ、げっとー」こぶしを作って片方の腕を突き上げて見せる。

一郎もげーと、と言いながら手を上げる。

「げっと。てにいれること。ぱん、いちろーくんのすきなあんぱん、ちゃんとかうこと」

げっとげっと。ぱん、ぱんと繰り返す一郎は、ぱんげっと、幼児向けの絵のカードの中から、あんパンの絵を取り出してアキに見せた。

「やったあ、いちろーくん、すごいすごい」

パンとゲットをつないだ一郎。二人で暮らし、少しは長い言葉を話すようにはなっていたが、今のようにわずかの間に二つの言葉をつないだのは初めてだ。次は、てにをは、を使っての読み書きができるようになることだ。

「てんさいくん、ぱん、かいにいこうぜ」

てん、てん、さい、てんさい。一郎はカードの絵を見ているがその中にはない。

「うーん、とってもむずかしい。ぱん、かってきたら、ちがうの、さがそうね」

一郎はコクリと頷いて、「ざんねん、あんぱんいく」と答えた。

一郎は先月覚えた残念、がお気に入りらしく、よく使う。そしてあんぱん、と言いながら笑う時にできる片えくぼ。邪気《じゃき》のない笑顔が自分の心を重くする時があることを承知し、認めて受け入れなくてはならないと腹を決めていたアキに、一郎が、「あんぱん、いく」ともう一度言った。

動悸が始まり小さな影が現れ始めた。まことだ。幼くして逝《い》ったわが子、まこと。パンが好きだった。買物に行きたがった。ぱんにいく、とパン屋に向かって走り出す後ろ姿、小さなお尻をふりふり走るその可愛さ。振り向いた笑顔に浮かぶ片えくぼ。いけない、まことが鮮明に現れた。

一郎の横で笑顔を見せている。自分を忘れないで、と現れたのだろうか。忘れることは絶対ない。薬を飲んだ。錠剤も一粒。錠剤は長い間必要なかったのに。

スーパーのパンコーナーには猫仲間のさち子と新メンバーの男性、広志の二人がいた。

「おや、あんた達もかい」

「あら、お二人も。わたしはこの子の好きなあんパンを。ああ、一個しかないんですね」

大きなテーブル上に各種のパンが並べられているが、あんパンは残り一個だった。アキは自分にピッタリとくっ付いている一郎に、ひとつ、だけだね、とあんパンを指さしてこれだけ、だと念を押した。一郎は口を結んだまま何も返さない。困った。一郎は不服なのだ。他のパンを見ているが、あれとは言わない。

「あんパンが好きなのかい。じゃあ、おばちゃんのを分けてあげるよ。二個でいいかな」

さち子がパンを差し出すと一郎の顔が和らぎ、あんパンとアキを何度も交互に見ている。あの、と言うアキを制してさち子は、よかったねぇ。あんパンが好きなんだね、おばちゃんも大好きだよ、と言いながら一郎の手の中にあんパンを収めた。

「私達は魚の方を見てくるから、またね。夜、これたらおいでよ。でも無理はだめだよ。そのお兄ちゃんが嫌がったら止めなさいよ」

二人はアキ達と別れて魚コーナーへ向かった。

「あの、あの彼は大人ですよね、成人ですよね。身長もあるし。最初から気になって」

広志は、けげんな顔で反対側へ行く二人を見ている。

「訳ありなんだよ、きっと。みんなそうなんだよ、あんただって何か抱えている風に見えるよ。よけいなことをあれこれ詮索されたくはないよね、誰だって」

広志は少しの間を置いて、そうですね、と返した。

「何だかんだ、どうだこうだ、そんなのはわたしぐらいの齢《とし》になるとね、どうでもいいのよ。相手に迷惑をかけなければね、たいがいのことはどーでもいいもんなのよ、若人《わこうど》くん」

はぁ、と言ってみたが次の言葉が見つからずに困惑している広志に、さち子は、あ、と声を上げた。最初に会った時、ボールペンを借りてそのまま忘れていると伝えた。広志も忘れていた。

「貰ってもいい？」

「どうぞ。どうぞ」

「じゃあ、ね。生きてりゃ何とかなるもんだよ」

と、さち子は食品コーナーへ戻って行った。

広志は魚コーナーの焼き魚のパックをカゴに入れ、もうひとパックを愛猫《あいびょう》のために買うか迷い、やめた。キャットフードを食べているのに余計な物を与えてはいけない。肉もついてきたし、灰色の毛艶も良くなってきたから、グレと名付けた。やんちゃになってきたが、それが可愛い。早く帰ろう。

玄関からの廊下をまっすぐ行き、母の房江の部屋を通り過ぎても二階のグレは階段を降りて来ない。広志のベッドの上で眠っているのか静かだ。

房江の部屋のドアが少し開いている。突然の入院さわぎでドタバタしたのでそのまま放ったらかしだから、部屋の中は散らかったままだ。

母親の部屋など入ったことがなかったし、入院の時も何が必要なのかも分からず、ただ部屋をひっくり返しただけだった。結局は病院の紹介でプロの付きそいを手配してもらい、細かいことは全て、そのベテランの付きそいさんがさばいてくれた。

グレが入らないようにきちんとドアを閉めなければ、と部屋を覗くと、以前は立ててあった父の写真が下に落ちている。すでにグレに荒らされた後か。大丈夫、ガラスは割れていないから次に病院へ行く時に、この写真を持って行こう。母のお気に入りのはずだ。

しばらく横向きの父を眺める。母は世界一優しい人だと言うが、息子から見れば存在感の薄い人だった。子供が嫌いな人だった、と息子の自分は思っている。暴力も過干渉もなかったが、無視されていた感が強い。

的のはずれた愛情に気づこうとしない母親。こんなに心配しているのにと、病気になりそうだと父に訴える母親。母さんを悲しませるとは何と親不孝な子供だ、と非難の目でしか息子を見られない父親。寂しさを野良犬や猫で紛《まぎ》らわしている我が子に、不潔だ、病気がうつる、としか言わない両親だった。

父は旅行会社のガイドとして客を引率中、交通事故で帰らぬ人となった。嘆《なげ》いた母は自分も後を追う、と錯乱状態になり親族達を困惑させていた。

広志はそんな母親に自分でも何か力になれるかと部屋に入ったその時に、母の叫び声を聞いてしまった。

「あの子があの人の代わりになればよかったのよ、あの人を返して！」

あの人とは父だ。あの子とは自分か。部屋の入り口で足が止まってしまった。その場にいた親戚の一人が広志に気づいて房江をたしなめるが、房江は返して、返して泣き崩れるばかりだった。

葬儀の全てを仕切ってくれた伯父は、お母さんは動転しているだけだからと言ってくれたが、父よりも自分が死んだ方が良かったのか、との思いで素直に母を見られなくなった。

高校、大学、そして東京での会社員生活。空しいだけの毎日から逃げ帰ったのは母が一人で住む家の、自分の部屋だった。子供の頃の匂いの染み込んだこの部屋で、やっと飼えることになった猫と今は、魚の身を少し、ほんの少しだけと言いながらふたりで分けあって食べるのだ。

まるい目を精一杯に見開いて、前足で早くよこせと催促するその姿がたまらなく愛おしい。今夜はビールも飲もうか。口笛を吹きながら自室のドアを開けた。グレはベッドの上で丸まって寝ている。

「いちろーくん、おじちゃん、きたよ」

朝八時、ワゴン車がアパート前の狭い道路から短くクラクションを鳴らしている。ドアが開いて、運転手の男性が降りて来た。車内には一郎と同様の、他の施設からの年齢も違う数人が乗っている。一郎は自分から走り寄り、迎えの男性とハイ・タッチをして、見送るアキにも手を振り、車に乗って行く。

一郎のいた施設からの紹介で、低賃金の短時間仕事だが、一郎は右のアルミ板を左に移すだけの作業を、ぴ、か、ぴ、か、ひか、る。と楽しんでいる。

一郎を送り出し、アキはゆっくりとコーヒーを味わう。一郎が帰ってくる午後三時まで何もせず、雨なら雨を、陽射しならそれを浴びながら、決して時間を追わない。その楽しみ方を覚えてからは随分と心が楽になった。身体も軽くなった。

一郎には施設にいた時と生活が大きく違わぬように少しずつ、ペース配分や時間には気をつけている。あまりにも変化が大きいとパニックを起こすからだが、幸いにも一郎にはその兆《きざ》しはなかった。

明日は一郎のいた施設に二人で出向く日だが、先月は施設から施設長自らの抜き打ちの訪問を受けた。男性職員を伴い、近くまで来たので寄ってみました、の決まり文句だったが、一郎をアキに預けるための判断を下したのはその女性施設長なのだ。成人の一郎を一時預かりといえども受け入れてくれる所はなく、苦慮の末の独断だった。

「お困りはありませんか」

一郎の手を取り、元気そうねと微笑《ほほえ》みながら、さりげなくシャツの袖《そで》をまくる。少し長いかしらと袖を戻しながら、虐待の有無を確かめているのであろう、その様子をアキは咎《とが》めるつもりはなかった。

一郎のいた施設ではかなりの子供達が、職員による陰湿な暴力を受けていたのだ。多くが知力のとぼしい子供達であり、自ら何かを発することもできずに、時折り泣くだけでしか自分を表す方法を知らず、黙るしかなかったのだ。無人のような不気味な静かさに不信と疑念を募らせていた近隣住民が、裸で道を歩いていた女の子を保護したことにより、ようやく世間の知るところとなった。

今、人事も一新され建物の修理も行われている。そのために子供達は各所に分散して預けられているのだが、ただ一人、大人である一郎の行き場所がなかった。家庭預かりが条件なのだが、言葉を話せない大人の子供は全てから断られてしまった。

年齢は推定、名前も便宜上付けられていたにすぎない一郎は、やっと歩けるようになった頃に、最初の施設の前で泣いていたのだ。

幼い頃は声を出して泣いていたのに施設を転々とするうちにあまり泣かない、そして次第に声を出さない、口を利《き》かない子に変わって行ったのだろう、というのが今の女性施設長の推測だった。

夜、一郎をひとりにしてもおけずに、やむを得ず修理中の施設の片隅で、職員が交代で一郎の世話をしていたことをアキが知ったのは、一郎の預かりを申し出て快《かい》諾《だく》を得た後だった。

なぜ、どうしてなの、何が。だからなぜ。意味のない言葉だけがアキの頭の中を駆け巡っていた。何日眠っていないのかも分からず、そこが何処なのかも知らなかった。身に受ける風の涼やかさだけが心地よく、誰かが一人、立っているのがボンヤリと見えた。

人には会いたくなかった。何処かへ行こう、何処かへ。雨が落ちてきた。心地よいシャワーだ。裸になって全身に浴びたらどんなに気持ちいいだろう。頭を振って髪のしずくを飛ばした。

雨の降る先には海がある。自分は海を見に来たのか、と彼方《かなた》を見る。

確か、誰かいたはずだがと改めて見回すと、前方に小さく人が見える。小雨に変わった雲間から差す一条の光が、その人形《ひとがた》を照らしながら波間へと消えた。

アキは走った。なぜ走り出したのかは分からない。靴を脱ぎ捨て、走った。何かに走らされているかのように焦り、息の続かない苦しさにあえぎながら叫んだ。

ダメ！　ダメよー。前の誰かの服をつかんだ。足が滑り、二人同時に後ろに倒れた。それでもアキは服をつかんだ手は放さなかった。おうーい、と声が聞こえる。数人の走ってくる姿が、小雨の間から見えた。

アキが崖《がけ》っ縁《ぷち》で引き止めた相手は若い男性だった。二人は巡回中の警備員に事情を聞かれて、そのまま交番に連れていかれた。濡れた体を乾かす間も住所や職業を問われたが、アキが男性を助けたことが分かると、扱いは丁重に変わり、あの場所にいた理由も、観光の一言で片づいた。

男性の身元も分かった。養護施設からいなくなり保護願いが出ている、言葉を話せない若者だった。彼の迎えが来るまで同室に置かれ、若者の空っぽの目をずっと見ていた。

四十分あまり待ってようやく迎えの車が到着し、施設長だと名刺を渡された相手は女性だった。髪をひっ詰めにし、黒いリボンで後ろにまとめていた。四十代だろうか。女性の施設長はアキを自宅まで送ると言って譲らなかった。お言葉に甘えて、とアパートを教えた。ご家族は、と聞かれ、独りですと答えた。

「ああ、おひとりですか」声のトーンが下がった。

何かと聞き返すアキに、失礼しましたと返すだけで全員黙ったまま車は走った。

「一郎君がですね、あなたが車に乗ろうとして、この子の背に触れた時ですけど、拒否反応を示さなかったものですから、少し驚きました」

唐突にそんなことを話す施設長にアキの方が驚いた。

施設長は後部を振り向き、いちろーくん、おねえさん、すきだ、ね、と不思議な聞き方をした。アキの横にいるいちろーと呼ばれた男性がコクリと頷いた。アキは男性の背に触れたことなど覚えていないし、好きだと頷かれても何をどう返していいのか分からない。

これが一郎との付き合いの始まりだった。

アパートまで送ってもらい、名刺も貰ったが、いつの間に書いたのか、「一郎君に会いに来てくださいませんか。彼はあなたが好きですよ」と走り書きがあった。

少し前に初めて会った相手からそんなふうに言われても……。

アキは首まで湯に浸かりながら今日の出来事を考えてみた。自分はなぜあんな寂しい岩場まで行ったのだろう。今まで全く縁のない場所だ。あの場所で何をしようとしていたのだろう。湯に浸かって温まっていると分からなくなった。

まことと、と呟《つぶや》いてみる。涙が全く出ない訳ではない。苦しさが胸を締めつけるし、目頭も熱く涙もにじむ。だが以前のような、夫も手をこまねくほどの狂乱振りではないのは自分でも分かる。

まことと、と呼びかけてみた。ママは生きていていいのかな。まことの所へ行かなくてもいいのかな。ママは考えるね、まことと。よーく考えるね。だからまことと、ママを見ていてね。

翌日、夫あてに離婚届の用紙を送った。同じ市内だ。日を置かずに印鑑の押された用紙が戻って来た。そのまま市役所の窓口に提出し、ハイハイ、と受理され、あっけなく離婚が成立した。何と簡単で単純なことか。そんなものなのか。

ママ。まことの声が聞こえた気がした。まことと、ママはあなたを忘れないからね、絶対に忘れないから。

数日後に夫、もと夫から手紙が届いた。数年前から付き合っている相手がいるが、その人といずれ結婚するつもりだと書かれていた。そして、まことの学費としての積み立てが五百万に達したので、それをアキに送りたいから口座番号を教えてほしいともあった。夫は決して悪い人ではなかった。まことに対しても子煩悩《こぼんのう》だったし、申し分のない夫、父親だった。

それがある日、アキが手を放したわずかの間に、まことは大型車に撥《は》ねられてしまったのだ。まことの小さな体は空を飛びコンクリート壁に叩き付けられ、車道に落ちてバウンドした。ゆるゆると流れ出た赤い血がまことの周囲を染めた。

アキは我が子の名を呼び続け、叫びながら叫びながら、ぬるりと飛び出たまことの脳を、パックリ開いた頭骨の間に押し込もうと必死だった。

アキは眠れなくなった。目をつぶると必ずまことの顔が浮かび、朱色の雨がまことの顔に降り注ぐ。アキは入院し、半年後に退院したが、決して全快ではない。薬に頼っての生活だった。

次の子を持とう、夫のその言葉がまことを忘れよう、に聞こえてしまい、夫を非難し続けた。まことはいないのに笑顔になれる夫が理解できなかった。医師の助言で二人は別居し、夫は別の女性に気持ちが移って行ったのだが、夫を責める気はない。

自分がまことの呪縛《じゅばく》から抜け出せないのだ。出たくないのだ。まことを忘れたくないのに、ポッカリとあいたままの穴があり、自分では埋められない歯がゆさと空しさ。この穴を埋めたいのに埋めたくない。もしピタリとはまる何かがあるとしたらそれは何なのだろう。問うても答えの出ないことはゆっくり待ちなさい。医師の助言だった。

アキは養護施設を訪ねた。何となくあの一郎という人が、子が、心に引っ掛かっていた。あの子はあの雨の降る崖っ縁で何を思っていたのだろう。言葉が話せないと女の施設長は言ったが、相手の言うことは分かるのだろう、施設長の言葉に頷いていたのだから。

施設の半分はシートで覆われ、チェーン・ソーやコンコンと物を打つ音などでかなりうるさく、忙しそうでもあった。横のプレハブに女性施設長はいた。三人の男性職員とあの一郎も。

施設長は笑顔で迎えてくれたが、大人五人のいる場所としてはかなり狭い。積み上げた書類にパソコンが三台と、ファックス、その他、かなりの混雑ぶりだった。その中で一郎は隅の椅子《いす》に座ったまま動かないでいる。

一郎は体格のいい方だ。太ってはいないが骨太《ほねぶと》なのだ。その体で動かずに隅の方にいる。アキが見ているのに気づいたのか、アキを見返してきた。そのままアキから目を離さず見続けている。

きれいな澄んだ目をしている。黒目と白い部分がハッキリしているのだ。口元やあごにひげが伸びてきているが誰も顔剃りをしてやらないのだろうか。忙しくて手がまわらないのだろう。

アキは笑顔で一郎から目を外そうとしたが、一郎があまりにも見続けるので、また視線を戻した。

コーヒーが入りましたよ。施設長みずから、職員とアキ、一郎の分までの飲み物を運んで来た。三人の職員は片手にコーヒーカップ、片手でパソコンと、休む間もない様子だ。女二人もコーヒーを一郎もほとんどミルクのコーヒーを、服の裾《すそ》を持ち上げてカップを包み、ひと口ずつ飲む。

「一郎君は今、私達の話を聞いていません。彼流の自己防御なのです。そこで」

と話を切り出され、何と、試しに一泊させてもらえないか、と言われた。彼を、一郎を、だ。アキのアパートに、部屋に泊めてほしいと言うのだ。

「彼はあなたを嫌っていません。人間に対して好き嫌いの激しい子ですが、あなたが触っても大丈夫でしたね、先日。珍しいんですよ、彼はとても敏感に反応しますので分かるのですが」

「よく観察していらっしゃるんですね」

アキは驚きと感心のあまり、私で大丈夫でしょうか、と言ってしまった。思わず口から出てしまったのだ。

一郎ただ一人が預かり手のないのは気の毒なことではあるが、一泊とはいえ自分はこの大人の身体の子供を、施設長は幼児だと言ったが、この彼を預かれるだろうか。アドバイス通りに一郎の顔を見ながら一文字《ひともじ》ずつ発声するように話した。

「こんや、おねえさんの、おうちで、おとまり、しませんか」

ひらがなでゆっくりと、やわらかな口調で話してみた。

一郎は正面から真っ直ぐにアキを見て、コクリと頷いた。通じた。思わずありがとう、と言ってしまった。ニコッと小さく笑ってくれる。

アキは夕刻まで一郎を観察し、共に外で草むしりをしたが、一郎は黙って草取りに没頭していた。そして職員の一人に車で送られて一郎の一泊冒険が始まった。

アキはそれほど物を置いていないのに、それでも一郎には沢山の物がある、珍しい部屋、楽しそうな場所に見えたようだ。勝手に引っぱり出すこともせず、行儀よく、これは、と大きく見開いた目で問いかけてくる。

一度だけまことが現れた。一郎の先を行く小さな影、まこと、と思わず声に出した時にはもう消えていた。

いけない、薬を飲む時間がとうに過ぎていたのだ。慌《あわ》てて薬を飲んだ。


そして、アキは一郎を預かることにした。施設の改装が終わるまでの、たぶん数ヶ月。規則では女ひとりのアパート暮らしでは絶対に許可が下りない。施設長は自分の判断で許可する、と言ってくれた。もし一郎に何かあった場合、彼女が、施設長が責任を取らなくてはならない。施設長は行き場のない一郎が気がかりだったとアキに頭を下げ、礼を言った。

「私にも二人の子がいます。一人で育てました。これでも一応、親なんですよ」

それだけ言って一郎の話に戻った。生活はごく普通に自然に、決して客扱いはしない、と念押しされた。

アキになら一郎は心を開くのでは、と言われたが、アキには分からない。話せないのではなく、一郎自身の強い意志で話さないのではないか、とも言われた。

自分はあの雨の崖で一郎と出会った。何の縁があってあの場所で会ったのだろう。一郎があの場所にいなかったら自分は身を投げていたはずだ、今思えば一郎も同じだ。あそこに自分がいなければ、ここに一郎もいない。

二人はすでに助け合っていたのか。これも何かの縁なのだろう。

一郎は私の命を救ってくれたのだ。命の恩人なのだ。私はこれからのあの子を助けよう。

ちゃんと言葉を、人前でも話ができるようになるまで、助ける。

それぞれの道

広志は父親の清の写真を母の房江のベッド横のテーブルの上に立てかけた。父が母を見ているかのように房江の左側に置いたのだ。

後でドクターの所までお願いします、と受け付けで言われていた。どうしようか、今、行ってこようか。房江はよく眠っている。

小さなノックと同時にそのドクターと看護師が入ってきた。おや、とドクターが写真に目を止めた。「父です」と広志が言うまでもなく、「似てますね、あなたと」と言われた。そんなに似てきたか、この人と。言葉に出さず笑った。似たくはないのだが仕方がないか。

「あら、あなた？　まぁ、嬉しい、会いたかったわ、清さん」

目覚めた房江が手を伸ばし、写真の父の顔を撫でた。

「息子さんがお見えですよ」房江の目に入っているはずなのに、と気を利かせたつもりの看護師の言葉を無視する房江。広志は自分とドアを指で差し、廊下で待つ、と示して病室を出た。廊下横にある椅子に掛けて待つことにした。

母は相変わらずだ。息子を認めたくはないのか。いや、息子などはいないと本気で思っているのかもしれない。

ドクターと看護師が出て来た。隣りの椅子に掛けたドクターはうーん、と声を絞った。

「進んでいるんですか、認知症」

「そうですねぇ。進んでいますねぇ。ここに入った時点でかなりの症状が出ていましたから。六十三歳ですね。近年、若年層の方が増えているんですよ。おひとりですか」

家族が広志だけなのを確かめ、後は看護師にまかせてドクターは次の病室へと行ってしまった。看護師から簡単な説明の後、併設されている特別病棟の方で細かい相談をするように言われた。早めに予約だけでも入れておかないと、常に満室の、生涯契約のその施設に入るのは困難となる。

金はかかるが、父は母名義の物を各所に分散して遺《のこ》している。それらを確かめてからでないと何もできない。面倒だがやらざるを得ないだろう。この機会に全てを知っておく必要もある。あの家の敷地面積すら知らないのだから。

これからは何もかも自分にかかってくるだろう。弁護士に頼む必要もあるかもしれないが、まずは母親の施設問題が最優先だ。少しずつ病状も悪化していくだろうから急がなくてはならない。自分のバイト探しは後だ。

一年ぶりに包丁を手にしたアキは、包丁の軽さと薄さに驚いた。店内には各種の刃物が並んでいるが、一年の間に包丁も進化するのだ。そっと刃先に触れたが、動揺はなかった。

「心配いらないからもう自分を責めないこと、自分を自由にさせてやるように」が再び髭を伸ばし始めた川本医師のアドバイスだった。「長い間よく耐えましたよね。もう包丁を使っていいですよ。美味《おい》しい料理を作ってください」

嬉しい、医師のその言葉を待っていた。一郎に手料理を作ってやれるのだ。何を作ろうか、あれこれありすぎて困ったが気持ちは軽やかだ。胸の内も頭の中も澄みきっている。

「無理なく回復できましたね。彼の世話をすることがあなたにとって一番の薬だったのかもしれませんね。彼の存在はあなたには妙薬だったようですね」

それでも半年に一回は顔を見せてくれるとありがたい、と言われた。嫌ならかまわないとも言われたが、アキは来ます、必ず報告をします、と診察室を出た。

次に入室した年配の婦人の声がもれてくる。「あらぁ、せんせ。わたしのために伸ばしてくれたのねぇ、そのお髭。うれしいわぁ」
ドアにかけられた「相談室」のプレート。アキは五年近くも通った部屋に軽く一礼して病院を後にした。道すがら左手首を見る。残る傷痕《きずあと》を眺めて服の袖を戻す。二度とこんなことはしない。

これからは、一郎がもう少し言葉を覚えて自分を出せるようになるまでは、手助けがしたい。一郎は二度も自分を救ってくれたのだ。あの雨の岩壁、そして新たに出直そうと思えるようになった今。ありがとう一郎くん。

夕食はカレーを作ろう。レトルトしか食べさせていなかったから。デザートも付けよう。二時だ、もうすぐ一郎が作業所から戻ってくる。この包丁を買って早く帰ろう。出口に置かれたチラシが目に入った。介護人募集、か――。

桜が早かったか遅かったのか、など気にもかけていないさち子の腕にひとひら、花びらが落ちた。どこから飛んできたのだろう。周りに桜の木はないはず、遠くから風に乗ってきたのか。こんな小さな物に目が留まるようになったとは。老いたなぁ。そっと摘《つ》まんで買い物袋に入れる。

前を行くのはあの子か。三十も過ぎているであろう男を、子と言ってしまう自分に苦笑する。勝手に進一と名付けた彼の後ろ姿に、我が子の進一を重ねる。いい男に育っただろう、と勝手な思いを巡らすのも楽しいものだが、涙した年月《としつき》を忘れた訳ではない。

嫁いでも子は出来ず、姑から言われ続けた「嫁《か》して三年子無《こな》きは去れ」は何とか我慢できた。時折り見せる夫、勝太郎の心配そうな顔がさち子を勇気づけていたのだ。

だが、石女《うまずめ》は許せなかった。同性としての思いやりの全くない姑から浴びせられた、石女の一言にさち子は深く傷つき、姑を憎んだ。そんな最中《さなか》に妊娠が分かった。勝太郎はよかったぁ、と産科の廊下にへたり込んでしまい、二人は人目もはばからず手を取りあって喜んだ。

つわりの治まった頃から姑は胎教にうるさく、うちの子だから大事な跡取りだからと何事にも口を出した。さち子が実家に帰っての出産も許さず、はやばやと産院の予約まで入れてしまった。

無事に産まれた男児はすでに進一と名が決められていて、さち子がわが子にできるのは授乳とおむつ替えだけだった。夫の勝太郎はとにかく仲良くやってくれ、の一点張りで、仕事を口実に家を空けることが多くなり、今までは一切、口出しをしなかった舅《しゅうと》までが頻繁に進一を覗きに来た。

さち子は母親なのに、ゆっくりと我が子を抱く暇《いとま》も与えられずに、何かと雑用を言い付けられて、遠方まで使いに出された。まだ産後間もない身体なのに、だ。

さち子は自分が姑から好かれていないことは分かっていた。勝太郎より四歳も年上だし、親戚に自慢できるほどの美人でもない。時には口答えするし、全て気に入らない嫁だったのだ。育児に対する意見の違いから進一を取りあげた姑はミルクを与えはじめ、母乳が豊富に出るさち子はミルクを嫌った。嫁姑、全く反対の発想にさち子は悩んだが、頼みの勝太郎は二人の争いから逃げて家には戻らず、姑はそんな二人を高みの見物ときめこんでいた。

さち子は姑に頭を下げ、授乳させてほしいと何度も頼み込んだ。そして平身低頭の末にようやく進一を抱けた。喉を鳴らして乳を飲むわが子。それからは授乳の時だけが母子《ははこ》の時間だった。出産前からの工場のパートも姑が勝手に断ってしまい、どうでもいいような用事ばかり押しつける。さち子は姑の魂胆《こんたん》を見ぬいた。さち子が白旗をあげるのを待っているのだ。

「仕様がないねぇ、女中の乳でも我慢して飲んでおくれ」

むずかる進一を渡された時の、姑の言葉だった。

さち子は今すぐにも進一を抱えて、目の前の姑を蹴り倒し、家に火を放って逃げ出そうかと思った。本当に思ったが、進一の泣き声で引き戻されたのだ。おなかをすかせていた進一のおかげで馬鹿なことをしなくて済んだのだった。

さち子は手頃な石に腰をおろして、小さくなって行く進一を目で追った。左に曲がって行く。スーパーには寄らず家に帰るのか。あの子猫は何と言ったかな、灰色だと言っていたかな。元気で育っているだろう。

さち子は大きく深呼吸して、もう昔のことは思い出すまいと思った。思ったのだが、今日は駄目だ、あざやかな色付きになって脳裏に浮かぶ。

進一の二歳の誕生日だった。さち子は姑の命令以上の料理を作り、テーブルに並べた。無口な舅がどうしたんだ、こんなに、と声に出したほどの品数を並べた。

程なく外出先から戻った姑と夫に進一、そして女性。女性は頭を下げて迎えたさち子に驚き、戸惑っていた。もう進一の母親は出て行った、と聞かされていたのか。

小柄で従順そうな、姑ごのみの女。別居中だった夫は笑顔のさち子を見ようとしなかった。生来の小心者に戻ってしまった夫は何とも落ち着かない様子だ。何せ愛人を連れて来たのだから。

姑は引いていた進一の手をその女性に託して、用意は出来ているのかと広間へ確かめに行った。さち子は進一が女性に向けている笑顔の、その顔をしっかりと脳裏に焼き付けた。エプロンを外して裏口から外に出る。振り返る必要もない。駅まで行き、ロッカーに預けて置いた荷物を出して電車に乗った。

考えぬいた末の行動だ、悔いはしないと何度も自分に言い聞かせ続けた。実家にはもどらない。両親を悩ませるだけだ。こうなるかもしれないと一度は話してあった。父は黙り、母は深い溜め息をついた。幸いに兄の一家が同居してくれて、にぎやかな孫が父母《ふぼ》の生きがいになったが、その父母もそれから数年後に相次いで亡くなった。

だが、さち子は両親の葬儀には行かなかった。進一の住む方角に程近い実家にはどうしても行けなかった。進一見たさに足が勝手にあの家に、進一の暮らす家に向かいそうで怖かったのだ。

ふうっと息を吐いて深呼吸をした。動悸がする。心臓の薬がひとつ増えたのだが、ちゃんと飲んできたし、しばらくすれば治まるはずだ。

父さん、母さん、と小さな声で詫びた。そのうち私もそっちへ行くから、そしたらそっちで親孝行するからね。

目の前を母親に手を引かれた男の子が通っていった。足どりが可愛い幼な子だ。またも進一を思う。きっといい男になっているはずだ。悔しいが顔は父親似だった。似るのは顔だけであってくれますように。家庭も持って、二人の子供、男の子と女の子だ、幸福《しあわせ》に暮らしていると信じている。

いつもこのあたりで苦笑する。いいさ、勝手に想像するくらい、いいさ。ああ、いい日だ。空も青いし、お日様もあったかいし、春だなぁ。上を向いて陽をあびる小さな幸せ。これって大きな幸福なのかもしれないな、うまくは言えないけど。

よっこらせと腰を上げる。動悸は治まったし目眩《めまい》もないからもう大丈夫だ。

今日は少し奮発しよう。ハムを丸ごと一本、買っちゃえ。いつものスーパーのあのハムを買っちゃえ。喫茶コーナーの高いコーヒーも飲もう。ケーキはどれにしようか。一度はあのコーナーに座ってみたかったのだ。

スーパーで先にハムを買った。重さがなぜか嬉しい。猫達、今夜は御馳走だよ。

仕切りで区切られたコーナーで、ソファに身体をあずけてコーヒーを注文する。程なく運ばれて来たコーヒーのいい香り。白いケーキも美味しそうだ。店員さんの頭の下げ方もていねいな気がする。

ひとくち飲んで満足していると通路の向こうにあの二人が見えた。彼女と彼だ。仕切りの向こう側からでは中のさち子は見えない。

二人は睦まじそうに会話している。へぇ、話ができるんだ、あの男の子。手を引かれてはいるが、軽く指を触れている程度だ。二人はレジの方へ行ってしまった。

さち子はケーキを食べ終え、ゆっくりとコーヒーを味わった。こんなにのんびりくつろぐのは何年ぶりだろうか。いつも何かに急《せ》かされ、意味のない焦りに追われてきた。近くまで来ている老いの手招きも拒みきれない。そして、やがては小さくしなびた婆さんになるだろう。

だが招かれるその時まではゆるゆると生きてゆくのだ。

さち子は手の中のカップを見つめて残りのコーヒーを一気に飲み干した。

「よし、もうひとふんばりするか」

ハムを抱え、足取りも軽くスーパーを出た。


〈終り〉

著者プロフィール
やました すいこ
1950年 石川県に生まれる。
趣味は人間ウォッチング。
著書『愛にカンパイ』（筆名：真下スイカ、文芸社、2010年）

そして生きてゆく

2018年12月15日　初版第１刷発行

著　者　やました すいこ
発行者　瓜谷 綱延
発行所　株式会社文芸社
〒160-0022 東京都新宿区新宿1－10－1
電話 03-5369-3060（代表）
03-5369-2299（販売）

印刷所　株式会社平河工業社

ISBN978-4-286-20054-5